www.tredition.de

AF197626

Walter Maus / Heribert Steger

Abschied von einer schönen Welt

Nostalgisch-sehnsuchtsvolle Gedichte

www.tredition.de

© 2018 Heribert Steger, Dr. med. Walter Richard Maus, der 2002 verstorbene Vater des Autors

Verlag: tredition GmbH, Halenreie 40-44,
22359 Hamburg

ISBN
978-3-7469-1204-2 (Paperback)
978-3-7469-1205-9 (Hardcover)
978-3-7469-1206-6 (e-Book)

Illustration: Heribert Steger. Das Foto auf der Vorderseite des Umschlags: zeigt Dr. med. Walter Richard Maus im Alter von 81 Jahren mit versonnenem Blick imPark mit bunten Papageien auf der Insel Gran Canaria, die ihm nach 17 Aufenthalten Inbegriff einer schönen Welt war, von der er ca. 1 Jahr später für immer Abschied nehmen musste.

Abschied von einer schönen Welt

Nostalgisch-sehnsuchtsvolle
Gedichte von Heribert Steger,
geb. Maus, und seinem 2002
verstorbenen Vater
Dr. med. Walter Richard Maus.

Dieser 4. Gedichtband in der Reihe
"Gedichte von Heribert Steger"
enthält eigene Gedichte und eine
Reihe von Gedichten aus
Tagebüchern seines Vaters.

Inhalt

9

Abschied

Ich habe satt das Klagen, Winseln

und sehne mich nach schönen Inseln,

wo uns die Sonne reichlich wärmt

und niemand sich in Kälte härmt.

Den Urlaub würd' ich mir gestalten,

würd' meine Füß' ins Wasser halten.

Ich könnte satt, dann müde sein

und schließlich schlief ich träumend ein.

Ich will den Himmel nur, den blauen,

die Wanderung der Wolken schauen,

bis dass die Sonne untergeht

und über mir der Mond aufsteht.

Ich hör' die Vögel jubilieren,
will in mir neue Kräfte spüren,
in meinen Armen, meinen Beinen.
Ganz weit entfernt ist alles Weinen.

Ich wandere dann stundenlang,
im Herzen ist mir gar nicht bang.
Ich kehre ein und sage Dank
für einen klaren, kühlen Trank.

Das frische Nass kühlt mir die Haut,
die mir so runzelig vertraut.
Ich möchte leben ohne Pein
und endlich wieder schmerzfrei sein.

Die schöne Welt soll mich verführen

und mich im Herzen tief berühren.

Der Sonnenuntergang ist fein.

Ihr Aufgang wird noch schöner sein.

Ich frage Gott: Wann ist's so weit,

dass du mich führst zur Ewigkeit?

Die Welt ist schön, doch ich hab's schwer,

bin müde, krank und mag nicht mehr.

Altersbeschwerden

Vom Kopf bis zu den Zehchen,
im Alter gibt's Weh-weh-chen.
Woher die Sache wohl nur kommt?
Man frage nur den Doktor prompt.

Es gibt in vielen Fällen
nichts weiter festzustellen.
Man findet öfter nicht den Grund
für alles, was verletzt und wund.

Drum sage, wer es wolle:
Das Wetter spielt ‚ne Rolle.
Und weil sich andres nicht ergab:
Die Krankheit hängt vom Alter ab.

Der Arzt kann oft auf viele Fragen

zur Diagnose „Alter" sagen.

Mitunter kann er auch dazwischen

den wahren Krankheitsgrund erwischen.

Es gibt so viele Unbehagen,

die uns im Alter wirklich plagen.

Für Frauen tröstlich ist das Wort:

"Die Periodenleiden gehen fort."

Die Arbeitswoche

Mancher montags schrecklich stöhnt,

weil gar nichts ihm den Tag verschönt.

Dienstags geht es etwas leichter.

Die Wochenmitte dann erreicht er.

Mit ständig wachsendem Elan,

fängt er am Donnerstag froh an.

Er steigert freitags seinen Mut

und endet seine Arbeitswut.

Am Samstag geht er lange aus

und ruht am Sonntag gern zuhaus.

Da sammelt er sich neue Kraft,

damit die nächste Woch' er schafft.

Alter

Was mir ab und zu passiert:

Dass man mit „Altsein" kokettiert.

Früher hätt' ich nie gedacht,

dass ich's auf 80 hätt' gebracht.

In diesem Alter, lahm und weise,

sei man zu alt für eine Reise.

Doch schau ich in den Speisesaal,

ist dieses Alter fast normal.

Die Medizin sagt mit Vergnügen,

das Durchschnittsalter sei gestiegen.

Dass 90 möglich, stimmt durchaus,

doch so alt sieht hier keiner aus.

Pillen nimmt jetzt fast ein Drittel.

Auch Seeluft sei ein gutes Mittel,

manch Wehwehchen zu verscheuchen,

wenn die Finanzen dazu reichen.

Mann ist so alt, wie man sich fühlt

und wie man seine Rolle spielt.

Im Gegensatz heißt es bei **Frau,**

man wüsste das nicht so genau.

Angst

Nur schwerlich sieht die Menschheit ein,
in Angst kann niemand fröhlich sein.

In Angst kann man nur wenig schaffen.
Aus Angst macht man sich viele Waffen.

Wer kraftvoll friedlich ist, kann wenden
der Welt Geschick mit leeren Händen.

Arbeit vertreibt Armut

Von Armut ist meist weit entfernt,

wer die Arbeit schätzen lernt.

Wer gerne auf die Arbeit schaut,

hat Wohlstand nicht auf Sand gebaut.

Auf Seefahrt an Deck

Wer liegend hoch an Deck sich sonnt,

vergisst des Alltags Weh und Ach.

Er sieht den weiten Horizont

und träumt den schönen Wolken nach.

Wie herrlich kann auf See man ruhn!

Und gutes Essen gibt es auch.

Man braucht dort wirklich nichts zu tun.

Gefüllt zum Rand ist unser Bauch.

Da ziehen wir in Seelenfrieden,

dem Kapitän wir ganz vertraun;

wir fahren weiter in den Süden

und können in den Himmel schaun.

Aufstehen im Alter

Ach, wie war das früher schön,

ohne Mühe aufzustehn.

Heut' muss langsam man probieren,

Arm und Beine erst sortieren.

Auch wenn mühsam das Erheben,

trotzdem freut man sich am Leben.

Der Sonnenaufgang uns entzückt.

Man muss ja hoch. Die Blase drückt.

Guten Morgen! Gott befohlen!

Ich geh' mal erst die Zeitung holen,

um ganz gründlich nachzulesen,

was gestern im TV gewesen.

Das <u>Bad</u> im Meer

Nicht weit vom Ufer am sonnigen Strand,

sich jemand ganz fröhlich beim Baden befand.

Und weil ihn die Sonne so arg hat geblendet,

hat er sich vom Lande dem Meer zugewendet.

Die Arme, die hielt er leicht angewinkelt.

Dann hat er ins schäumende Meer gepinkelt.

Und wie er sich schüttelt und wie's um ihn zuckt,

da haben die Fischlein fein zugeguckt.

Erleichtert stieg er vom Wasser heraus,

das machte den Fischen rein gar nichts aus.

Balance

Um unser Leben zu gestalten,

müssen wir Balance halten.

Stress ist nötig - doch allein

zu viel Spannung soll nicht sein.

Gleichgewicht liegt in der Mitte,

so ist es nach alter Sitte.

Technik ist des Westens Stärke.

Der Osten schätzt die inn'ren Werke.

Die Vernunft sich gut erweist,

ist sie gebor'n aus heil'gem Geist.

Materie, auch wenn's so scheint,

ist niemals unser schlimmer Feind.

Ein Philosoph, der uns berichtet,

das auch Materie ist verdichtet

und bleibt nicht ewig gleich erhalten,

wie es geglaubt noch unsre Alten.

Manchmal wird auch irgendwie

Materie zu Energie.

Es wird dem Menschen schnell plausibel,

dass diese Dinge reversibel.

Da stecken viel Probleme drin.

Was ist denn bloß des Lebens Sinn?

Als Schlüssel zu den Lebensfragen

vermeide man nur "nichts" zu sagen.

Es ist des Lebens Wechselspiel:

Mal zu wenig, mal zu viel.

Manchmal geht es auch darum,

clever sein und nicht zu dumm.

Mal zu weich, und mal zu hart,

mal zu grob und mal zu zart,

mal zu kurz und mal zu lang,

mal zu forsch und mal zu bang.

Dass der Neid uns nicht erweich',

sei auch niemand viel zu reich!

So stelle ich zum Schluss die Bitte:

Bleibt doch gemäßigt in der Mitte!

Baldrian

Mancher meint, er sei stets ruhig.
Was er tut, macht ihm viel Spaß.
Er hält sich nicht für sehr betulich
und sitzt auf einem Pulverfass.

Äußerlich ist er gefasst.
Nur stört die Fliege an der Wand.
Doch wehe Dir, wenn's ihm nicht passt!
Da war's stets besser, man verschwand.

Um jeden Scheißdreck müht er sich.
Doch niemand kommt an ihn heran.
Wär' seine Ruh' doch innerlich!
Ich rate nur: „Nimm Baldrian!"

Die Bordtoilette

Karlchen ist ein liebes Kind.

Er ist wie Kinder öfter sind:

sieht jede Ecke, jeden Topf,

drückt gern auf einen Klingelknopf.

Er stürmt voraus - wie sonst fast immer -

und kontrolliert das Badezimmer;

da findet überm Lokustopf

er einen runden weißen Knopf.

Rasch und munter, voll Entzücken

weiß er diesen Knopf zu drücken.

Dann ein Schrecken - riesengroß!

Es ging ein Getöse los.

In dem Lokus gab's ein Brausen

wie beim Rheinfall von Schaffhausen.

Zu dem Lokusdeckelknall

braust 'ein Ruf wie Donnerhall'. *)

Stark wie das Schiff im tiefen Winter -

dort steckte sehr viel Kraft dahinter.

Gern hätte ich die Donnerbrause

für meinen Lokus auch zu Hause.

----

*) Anspielung auf ein altes Fahrtenlied!

Body adé

So leb' denn wohl, geliebte Hülle!
Einmal muss ich dich verlassen.
Ich sehe darin Gottes Wille,
ohne ihn dafür zu hassen.

Viel hab' ich Dir zu gemutet.
Hab' Dich wie 'nen Gaul geritten.
Es tut mir leid, wenn Du geknutet.
Jetzt bist Du mir wie abgeschnitten.

Im Grab liegst du, in einer Kiste.
Ich steige auf zum Himmelstor.
Ich schwebe über Meer und Wüste
und schwinge mich zu Gott empor.

Der Bürgermeister

Wer die Meisterprüfung macht,
ob sehr gut, gut, ob nur mit drei,
dem wird die Ehre zugedacht,
dass er ein guter Meister sei.

Ein Bürger-Meister dahingegen,
wird kaum geprüft, meist nur gewählt.
Er braucht sich gar nicht aufzuregen,
bis man die Wählerstimmen zählt.

Wer regieren soll, hat's schwer.
Denn wohl bei den meisten Sachen
geht's am Ende hin und her,
um es allen recht zu machen.

Da überlegt man lang und still,
im Zweifel zwischen Tun und Sollen.
Heraus kommt dann, was keiner will.
Zurück bleibt oft ein leises Grollen.

Doch tritt die Klüngelwirtschaft ein,
wird immer nur Gebühr erhoben,
dann kann das Volk nicht friedlich sein.
Es braucht den starken Mann von oben.

Der Bürgermeister soll jetzt walten.
Regieren soll er ohne Fehler.
Doch die Fakten sind die alten,
Gleich bleiben auch der Bürger Wähler.

Es lebe die Bürokratie!

Das Landratsamt hat festgestellt:
Versorgungslücken auf der Welt
sind nur durch Planung auszugleichen.
Dem Engpass gilt es auszuweichen.

So bittet uns der Bürgermeister
als ein Mann, ein viel Gereister,
ihm den Bedarf sofort zu melden,
dass niemand hungert wie die Helden.

So möge man zur Osterfeier
bestellen bald die nöt'gen Eier.
Das sei zu melden auch auf Dauer
an den Landwirt oder Bauer.

Um zu ordern diese Ware

gibt es Antragsforumulare.

Schriftlich durch das Landratsamt

der Bedarf wird so bekannt.

Ach, wie gut, dass nun die Hennen,

den Bedarf an Eiern kennen.

Denn die Leute gar nicht mögen,

wenn die Hennen wenig legen.

Wer die Eier färben will,

unterzieh' sich diesem Drill:

Man tret' beim Apotheker ein

und hol' sich einen Antragsschein.

Damit die Leute niemals darben,

bestell' man bunte Eierfarben,

die einerseits auch hautverträglich

und preislich günstig sind womöglich.

Mit ein wenig Phantasie,

lebe hoch die Bürokratie,

da es ohne Formulare

auch gibt keine Farbenware.

FdH-Diät

Häufig ging ich auf den Spuren

groß geplanter Fastenkuren.

Eines aber weiß ich jetzt,
das hat klar sich durchgesetzt:

Jeder sollte sich bemühen
um möglichst wenig Kalorien.

„Friss-die Hälfte, die Diät
immer noch am besten geht.

Die faulen Dummen...

und die fleißigen Klugen

Die Faulen und die Dreisten,
die schreien oft am meisten.
Sie wollen immer mehr an Geld,
weil dieses ihnen sehr gefällt.

So selten nur verstummen
landein, landaus die Dummen.
Der Kluge schafft mit großem Fleiß
und wuchert nicht mit hohem Preis.

So wir die Neigung hegen
auf Fleiß liegt großer Segen.
Wir zu der Meinung neigen:
Die Klugen lieber schweigen.

Der Drang in den sonnigen Süden

Der gute Klapperstorch, der weise,

macht sich im Herbst auf seine Reise.

Er zieht im schönen Vogelflug

grad wie in einem schnellen Zug.

Auch viele Menschen nie ermüden

bei ihrem Drang zum warmen Süden.

Und ist ihr Geld noch nicht verpufft,

dann fliegen sie auch durch die Luft.

Dort sieht man voller Wonne

am Himmel hoch die Sonne.

Im Süden gibt es keinen Schnee.

Der Kälte sagt man so "adé".

Die Vögel sind den Winter über
im Süden fort, sie kehren wieder
erst wenn es endlich Frühling wird
und wenn die Kälte nicht mehr klirrt.

Die Menschen doch, die meisten,
die können sich's nicht leisten,
den ganzen Winter dort zu sein,
wo sich die warme Sonn' stellt ein.

Wo die Sonne ständig scheinet
und so gut es mit uns meinet,
dort läge unser Heimatziel,
das wohl jedem recht gefiel.

Nur zwei, drei Wochen sind wir fort,

verbringen bloß den Urlaub dort,

wo der Himmel ständig blau

und das Meer ist warm bis lau.

Für Menschen ist auch oft ein Segen

der Süden, den die Vögel mögen.

Ach, wenn ich nur ein Vöglein wär',

ich flög' so gerne übers Meer!

Eins zu eins

Das weiß heute jedes Kind,

dass Justitia häufig blind.

Ich hätte ganz neutral entschieden:

Eins zu eins gibt meistens Frieden.

Einschränkungen im Alter

Im Alter wird man stark verschont
von allem, was sonst lustbetont.

Es fehlt vor allem da an Kraft,
zu dem, was man sonst leicht geschafft.

Man meidet, was besonders schwer:
Klaviere schleppt kein Alter mehr.

Das Rennen scheint zumeist zu viel.
Man meidet selbst das Fußballspiel.

Gefährlich ist ein alter Reiter.
Da treibt man besser Sport nicht weiter.

Das Fahrradfahren geht noch an,

wenn man bloß abwärts fahren kann.

Das Singen hat wohl auch kaum Zweck,

bleibt einem fast die Puste weg.

Als letztes rät ein Mensch lakonisch:

"Die Liebe bleibt - doch nur platonisch!"

Eva

Wer die Bibel hat studiert,

weiß, dass Eva hat verführt

den Adam mit 'ner Frucht vom Baume.

Jedoch ein Apfel war's wohl nicht.

Das halte ich für ein Gerücht.

Ich glaub' es war 'ne Pflaume.

Gastfreundlichkeit

Gastfreundlich ist's in diesem Haus.

Ein Abendimbiss liegt noch aus.

Hier leidet wirklich keiner Not

bei Schinken, Wurst- und Käsebrot.

Zu Wein und Sekt sagt man gern Prost

und nimmt sich Kaviar mit Toast.

Salate, Gurken, Paprika,

Tomaten sind in Mengen da.

Bei gutem Bier wird nicht geschrieen:

Das sind doch viel zu viele Kalorien!

Ist man gesättigt unterdessen,

hat man genug vom besten Essen.

Der stille Gottsucher

Ein Mensch fragt Gott nach seinem Namen.
Er betet, dass er wird erhört.
Die Antwort wächst ihm wie ein Samen,
wird die Beziehung nicht gestört.

Auf Schritt und Tritt gib's Wunderfülle.
Man braucht nur einfach hinzusehn.
Der Felsen dort, das Meer, die Stille.
So lernt man tiefer Gott verstehn.

Entdecken wir im Ja und Amen,
im Lieben und getrost Verzeihn,
dass wir von Gott die Antwort haben,
er steckt ganz tief in allem Sein.

Wer Gottes Schöpfung liebt,

für den es nicht nur Fragen gibt

nach dem Woher und dem Warum.

Er bleibt nicht länger fragend dumm.

Die Antwort formulier ich schlicht:

Auch wenn Du siehst den Schöpfer nicht,

schau tief hinein in die Natur,

Du bist dem Schöpfer auf der Spur.

Das Leben ein Geheimnis ist.

Das weiß im Grunde jeder Christ.

Und wenn Du liebst, wird's offenbar,

dass in der Liebe Gott stets war.

(Vgl. die Definition Karl Rahners von Gott:

"Gott ist das unbegreifliche Geheimnis unse-
res Menschseins." mit 1 Joh 4,16b!)

Die **Grünen**

Als ob die Grünen Spinner wären!
Fanatiker, die sind verhasst.
Man sollte die Motive klären,
auch wenn das vielen nicht so passt.

Ehrlich gesagt, es ist nicht recht,
wenn man die Grünen fern verbannt.
So manches machten sie nicht schlecht.
Man hat sie lange nur verkannt.

Hat man darüber nachgedacht,
wo nur Profitsucht hat regiert?
Ist man erfreut, was sie gebracht,
wozu der Umweltschutz geführt.

Ich schreib' es heute mahnend nieder:

"Seid bitte immer tolerant!

Dann blüht uns neue Hoffnung wieder.

Und Zukunft hat das Vaterland."

Das Heilfasten

Vom Wenig-Essen abgeseh'n,
Kohldampf haben ist nicht schön.
Doch der Fastendoktor spricht:
"Ein guter Faster hungert nicht."

Das Hunger-Haben überhaupt
beim Heilfasten ist nicht erlaubt.
Die Esslust und der Appetit
machen Menschen nämlich fit.

Anfangs mancher einmal stöhnt,
bis er vom Fressen wird entwöhnt.
Hunger stellt sich nicht mehr ein,
ist der Magen ziemlich klein.

Viel Gewicht heißt: Risiko!

Fettsucht schadet sowieso.

Das gute Salz von Dr. Glauber

macht Därme rein und auch recht sauber.

Fastet man geraume Zeit,

erfreut uns wohl Enthaltsamkeit.

Bei Muße und viel Zeitvertreib

trinkt Wasser man nach Pfarrer Kneipp.

Rundherum es jeder spürt,

man wird gründlich restauriert.

Der Kenner sagt mit gutem Grund:

"Fasten ist ja so gesund!"

Schließlich jeder Mensch entdeckt,

dass gute Nahrung besser schmeckt.

Aus Wohlbefinden ganz enorm

erstrebt er Nahrung durch Reform.

Schon Jesus, unser Herrgott spricht:

Mit finst'rem Antlitz faste nicht!"

Altmeister Buchingers Erfahrung:

"Richt'ger Umgang mit der Nahrung."

Erstmals wusst' er zu erklären,

was die besten Kuren wären:

Vom Höchstgewicht auf ganz normal.

Nicht zu dick und nicht zu schmal.

Und wenn dann aus diversen Gründen

der Rückfall kommt in alte Sünden,

dann ist die Lösung nicht sehr schwer:

Zum Heile faste jetzt noch mehr!

Heimweh

Auch im Fernsehn immer wieder
hört man schöne Heimatlieder.

Wer niemals in der Ferne war,
dem wird kein Heimweh offenbar.

Wer von Ferne hat genug,
zieht heimwärts wie im Vogelflug.

Heimweh und Fernweh

Das Heimweh und die Reiselust,

die wohnen in der gleichen Brust.

Zuhause sagt ein trüber Tropf:

"Mir fällt die Decke auf den Kopf."

Drum will er eine Reise machen

und packt zusammen seine Sachen.

Er eilt flugs ins Verkehrsbüro

und trägt sich ein nach irgendwo.

Zunächst ist alles wunderschön.

Viel Neues gibt es da zu sehn.

Der Strand erstrahlt im Sonnenlicht.

Nur der Kaffee schmeckt ihm nicht.

Nach drei Wochen oder vier,
vermisst er auch sein Heimatbier.
Außerdem hat dieses Land
beinah überall nur Sand.

Eine auch nicht leichte Sache
ist dazu die fremde Sprache.
Schließlich hält er's nicht mehr aus,
will so bald es geht nach Haus.

Die Decke, die ihn einst bedrückt,
bewundert er. Er ist entzückt.
Ein Heimatland weiß er zu loben.
So blieb ihm lang die Decke oben.

Der persönliche **Hunger**

Der Hunger kommt. Man isst sich satt
und denkt bei sich: Wer hat, der hat.
Dem Hunger ist's nicht einerlei,
er geht dann ziemlich schnell vorbei.

Der **Hunger auf** der Welt

Seh' ich den Hunger auf der Welt,

mein Bauch mir gar nicht mehr gefällt.

Ist es denn fair, dass wir so satt

und andre Menschen arm und matt?

Ideale

Humanitas und Toleranz

fordern unsre Kräfte ganz.

Gegen schrecklich Gewalt

sagen wir energisch: Halt!

Um das Böse abzuwehren,

soll sich unser Mut vermehren.

Des Weisen Worte sagen viel:

"Auch der Weg ist unser Ziel."

Dass sie gute Taten bringen,

Ideale hier erklingen.

Was gut, erkenne jedermann

und fange bei sich selber an!

Inflationsursachen

Ich hab' mal drüber nachgedacht,

wie's Geld die Inflation gemacht.

In den Geschäften, beim Verkauf,

da rundet man nach oben auf.

Dem Kaufmann scheint es meistens recht,

sind die Preise nicht zu schlecht.

Pfennigsweise kommt der Segen

wächst zu namhaften Beträgen.

Die Gewerkschaft wartet schon

will für Leistung bess'ren Lohn.

Und so wächst die Rate bald,

höher steigt auch das Gehalt.

So dreht sich hoch von Mal zu Male

die stete Lohn- und Preis-Spirale.

Drum trachte mit bescheid'nem Sinn

nur nach berechtigtem Gewinn!

Das alte **Jahr**

Ausgedient hat's alte Jahr,

weil es alt und müde war.

Ein Abschnitt nur im Strom der Zeit.

Zum Wechsel sei der Mensch bereit.

Mach' einen Schnitt und fang sodann

das neue Jahr mit Hoffnung an!

Ein kleiner Schritt erscheint es nur.

Und weiter tickt die Weltenuhr.

Für Journalisten

Blättert man im Blätterwald,

stutzt man plötzlich und sagt: Halt!

Warum nur grausige Geschichten,

statt vom Schönen zu berichten?

Mit frohen Augen angesehn,

ist diese Welt doch wunderschön!

Wer die Welt uns schlecht gemacht,

hat im Herzen falsch gedacht.

Die **Kälte** und der Sonnenschein

Wir lägen nicht mehr in den Betten,

wenn wir nicht diese Kälte hätten.

Wer badet denn bei 14 Grad,

wenn er zu wenig Wärme hat?

Erst um zwölf Uhr aufzustehn,

muss fast auf die Nerven gehn.

Die Frühlingsinsel, schön und bunt,

braucht Sonnenschein im Hintergrund.

Das gefaltete <u>Klopapier</u> im Hotel

Wenn man sich den Kopf zerbricht,

ob was Sinn hat oder nicht,

denk' ich an die Reinigungsfrauen,

die vieles haben zu verdauen.

Manchmal werd' ich etwas stutzig.

Da wird gesäubert, was nicht schmutzig.

Doch ist mal etwas unbequem,

das wird einfach übersehn.

Ganz egal, wie man's gestaltet:

Das Klopapier wird spitz gefaltet.

Immerhin sieht man daran:

Für den Gast wird was getan.

Denn die Spitze ist ein Zeichen,

dass die Rolle zu erreichen

ungenutzt und frisch serviert,

wie sich's für den Gast gebührt.

Kontaktpflege

Man möcht' es gern und überhaupt,

dass eine Freundschaft nie verstaubt.

Man müsst' sich öfter sehen lassen,

soll die Beziehung nicht verblassen.

Man wünscht, dass man den Freund erreicht,

was durch die Technik scheint so leicht.

So geht man schnell zum Telefon.

Doch keine Antwort ist der Lohn.

Der Freund, er ist vielleicht - oh Schreck!

verreist, in Urlaub, fort und weg.

Also wird man morgen schreiben.

Doch man lässt das Schreiben bleiben.

Man schiebt dies auf die lange Bank.

Inzwischen wird der Freund sehr krank.

Die lange Bank wird lang und länger.

Dem Menschen wird's ums Herze bänger.

Wir schließlich das Ergebnis haben:

Der Freund gestorben und begraben.

Drum nutze Deine Lebensfrist,

bevor die Zeit zu Ende ist.

Denn die Kontakte sollst Du pflegen,

sollst liebevolle Freundschaft hegen.

Wir dürfen nicht die Zeit verschieben,

die uns noch bleibt, um mehr zu lieben.

Der Kugelschreiber

Goethe - so wird uns berichtet,

hat viel geschrieben und gedichtet.

Er tat dies gut und mit Gefühl.

Er nahm dazu den Gänsekiel.

Später war für diesen Fall

die spitze Feder aus Metall.

Doch der Nachteil war dabei,

die Tinte führt zu Kleckserei.

Ein Mann erfand 'nen neuen Stift,

doch starb er als ein armer Wicht.

Die Industrie macht seine Minen,

um Millionen zu verdienen.

Den Kugelschreiber kennt man hier.

Man schreibt damit meist auf Papier.

Doch unbekannt in fremder Stadt

starb der, den ihn erfunden hat.

Kurzschluss 1

Es hat manchen schon verdrossen,
wenn seine Leitung kurz geschlossen.
Die Lichter gehen dann alle aus
und dunkel wird's im ganzen Haus.

Doch schlimmer ist es hierzuland,
wenn jemand kommt um den Verstand.
Wenn's im Gehirn nicht funktioniert,
ist jeder Mensch noch mehr schockiert.

Wird unser Denken kurz geschlossen,
scheint unser Geist auch ganz
verdrossen.
Dann wird es finster. Der Black-out
hat uns schon manchen Weg verbaut.

Kurzschluss 2

Manchen hat es sehr verdrossen,
wird seine Leitung kurz geschlossen.
Alle Lichter gehen aus.
Dunkel wird's im ganzen Haus.

Ebenso ist man schockiert,
wenn man so am Kopfe spürt,
an dem kritisch-wunden Punkt:
Das Gedächtnis kaum noch funkt.

Bleib' nur ruhig, du mein Lieber.
Dieser Zustand geht vorüber.
Die Antwort heut' auf deine Fragen
wird dein Gedächtnis morgen sagen.

Das weise <u>Lächeln</u>

Was man stets bewundern kann

ist ein Humor, der kommt spontan.

Denn niemand findet wirklich nett,

trägt man ein seelisches Korsett.

Ein Witz erscheint uns sehr gelungen,

wenn er erzählt wird ungezwungen.

Man kann nicht immer lauthals lachen,

wenn Menschen dumme Witze machen.

Ein weiser Mensch bleibt hier nicht stur.

Er schmunzelt oder lächelt nur.

der kümmert sich um seinen Karren

und überlässt den Rest den Narren.

Lebensstufen

Der Lebensstufen tief'rer Sinn
lernt ich von einer Lehrerin.
Und wer es kennt und sich dran freute,
der liest es hier auf dieser Seite.

Das große Glück, noch klein zu sein,
sieht der Mensch als Kind nicht ein.
Er wünscht sich, dass er ungefähr,
so 15 oder 16 wär'.

Doch schon mit 17 sagt er halt:
Wer 18 wird, der ist schon alt.
Hat er die 20 dann geschafft,
erscheint die 30 greisenhaft.

Und erst die 40! Welche Wende!

Die 50 scheint bereits das Ende.

Doch mit 60 peu à peu

schraubt man das Alter in die Höh'.

Die 60 find't man noch passabel.

Man find't die 70 miserabel.

Wer 70 wird, der denkt sich still,

„Ich werde 80 – so Gott will."

Wer die 80 überlebt,

zielsicher nach der 90 strebt.

Dort angelangt, zählt man geschwind

die Leute, die noch älter sind.

Und hat erreicht man gar die hundert,

so ist man keineswegs verwundert,

dass jemand schafft die 110.

Vielleicht wird es noch weitergehn.

Drum halt' dein Leben stets in Schwung!

Auf diese Weise bleibst du jung.

Und bist du fromm, frisch, fröhlich, frei,

dann steht dir Gott auch immer bei.

Ein **Leben für** die Gesundheit

Ein Mensch, der wollte ewig leben.

Drum hat er's Rauchen aufgegeben.

Er sorgte sich nur um sein Wohl,

verzichtete auf Alkohol.

Ein Arzt berät ihn sorgenschwer:

"Das mit der Liebe geht nicht mehr."

In Ängsten ohne Unterlass

führt er ein Leben ohne Spaß.

So lebt der Mensch mit viel Verdruss,

nur dass gesund er bleiben muss.

Sein Leben bleibt an Freuden rar.

Doch dafür wird er hundert Jahr.

Hört die Moral aus meinem Mund:

Treibt viel mehr Sport und bleibt gesund!

Die Freude ist nicht ganz egal.

Krank alt zu werden ist fatal.

Liebeskunst

O lass Dich nur von Liebe tragen
wie einst in Deinen Kindertagen!
Gönne Dir der Götter Gunst:
Praktiziere Liebeskunst!

Lass Dich nur von Liebe leiten,
Du erlebst die schönsten Zeiten.
Heil und Seligkeit verheißt
Gottes wahrer Liebesgeist.

Liebe schürt die Phantasie,
Liebe will Verletzung nie.
Liebe macht uns sehr erregt,
wenn sie uns das Herz bewegt.

Die Eifersucht ist eine Kraft,

die mit Eifer Leiden schafft.

Meide sie in jedem Fall!

Wirf sie fort wie einen Ball!

Wer von Ichsucht ist beherrscht,

hat die Freiheit eingepferscht.

Wer das Negative meidet,

sich vom Egoismus scheidet.

Mancher füht sich schnell verloren,

schlägt ihn Kritikwut um die Ohren.

Wirklich übel, schlimm und krass

ist am Ende gar der Hass.

Darum zügel Deine Triebe!

Sei beseelt von wahrer Liebe!

Die hat immer sich bewährt,

da sie Deine Seele nährt.

Die Liebe ist das Ja zum andern.

Sie sprengt die Enge und kann wandern

zu hoher Ziele Transzendenz.

Sie ist vom Leben die Essenz.

Liebesrausch und wahre Liebe

Einst hat die Liebe mich entzündet.

Ich glaub', dass sich nichts Schön'res

findet

auf dieser großen weiten Welt,

da nichts als Liebe mehr gefällt.

Wer liebt, beginnt stets neu von vorn.

Er schöpft aus einem Wunderhorn.

Was man erfährt im Liebestraum

ist unerhört, man glaubt es kaum.

Das Herz wird weit und immer wieder

schwelgt man im Rausch der Liebeslieder.

Denn Liebe weckt die Phantasie,

dass uns das Leben neu erblüh'.

Die Liebe uns das Herz erfreu,

lässt alles Leben werden neu.

Und sehen wir nur rosa rot,

macht Liebe allen Hass gleich tot.

Verliebt das Leben rauscht vorbei.

Drum wer verliebt, auch wachsam sei!

Er zähme seine nieder'n Triebe

und wandle sie zu wahrer Liebe.

Die wahre Liebe wächst in Treue.

Sie liebt den andern stets aufs Neue.

Sie strebt nach letztem ew'gen Glück

und fällt nicht in den Tod zurück.

Der erste <u>Mai</u>

Heute ist der erste Mai.

Die meisten Leute haben frei.

Am Tag der Arbeit soll man ruhn -

o Paradox - und gar nichts tun?

Schon Goethe sagt, dass Seelenkraft

nur zunimmt, wenn man freudig schafft.

Drum halt dich fern vom Sündenpfuhl

und ruh' nicht faul im Liegestuhl!

Vielleicht massierst du dir die Waden

zum Wandern, Schwimmen oder Baden.

du könntest radeln oder reiten

und gute Laune froh verbreiten.

Die einen wollen demonstrieren,

die andern gehen gern spazieren.

Egal, was Menschen gut gefällt,

man muss aktiv sein auf der Welt.

Die Arbeit gibt oft Lebenssinn.

Doch ist im Leben viel mehr drin:

Es blüht wie eine Lilie,

liebt jemand die Familie.

Ob Vater, Mutter oder Sohn.

Die Liebe strebt nach Gottes Lohn.

Die Liebe wird gewiss nicht minder,

gibt man sie weiter an die Kinder.

Wenn Jugend wirklich Zukunft hat,

muss man vermeiden, was zu matt.

Aktivität, Begeisterung

hält unser Leben voll in Schwung.

Drum bleibe nicht allein zu Haus!

Geh' lieber mal mit Freunden aus!

Dann geht der schöne erste Mai

an dir nicht ohne Spur vorbei.

Niemals genug

Der See ist glatt, die Wolken sind schwer,

man ist nicht matt, kommt froh daher.

Ein Schiff mit Gästen ist angekommen

Das Essen wird noch eingenommen.

Man hat noch nicht so viel versäumt,

schlecht ist die Sicht. Die Sonne träumt.

Es plätschert das Wasser,

auch Blumen sind da.

Der Regen rauscht nasser,

er kommt so nah.

Was willst du hier? könnt einer erfragen.

Wie geht es dir? Es gibt keine Klagen.

Man ist voll Verständnis, ist weise u. klug

Vom Wunderschönen hat man niemals genug.

Platonische Liebe

Von Sex zu reden ist tabu.

Doch mancher denkt dran immerzu.

Sexy scheint so manche Dame,

die wir sehen als Reklame.

Der Philosoph meint da lakonisch:

Die größ're Liebe ist platonisch.

Denn wer nicht seelisch-geistig liebt,

für den es oft nur Sex-Lust gibt.

Die Polizei

Selbst der größte Bösewicht,

weiß, ohne sie, geht' einfach nicht.

Obgleich sie wirklich sich bemüht,

ist sie nicht überall beliebt.

Die Polizisten, diese starken,

erlauben nicht mal falsch zu parken.

Auch sind sie oft sogleich zur Stell',

fährt einer mal etwas zu schnell.

Die Kripo wir recht gut verstehen,

weil wir sie oft im Fernsehn sehen.

Was im Staate die Polypen,

sind im Blut die Lymphozyten.

Raum und Zeit

Ich lasse die Gedanken schweifen
und möchte Raum und Zeit begreifen.
Seh' ich zu den Sternen rauf:
Raum, wo hörst du einmal auf?

Was Zeit bedeutet, weiß man kaum.
Sie endet nie, verrinnt im Raum.
Ich höre tausend Uhren ticken.
Die Zeit zu fassen, will nicht glücken.

So steh sinnend ich am Fluss,
der vorüber fließen muss.
Das Stromprinzip lässt mich erkennen,
dass wir Bewegung Leben nennen.

Wach träumen stehe ich daneben

bewundere der Schöpfung Leben.

Die Zeit scheint kurz. Der Raum oft klein.

Doch beides kann unendlich sein.

Recht und Gerechtigkeit

Recht zu finden, das scheint wichtig,
Recht zu haben bleibt oft nichtig.
Im Recht zu sein ist ein Gefühl,
das stärkt des Lebens Wechselspiel.

Wer klug ist, meidet jeden Streit
und such nur nach Gerechtigkeit.
Recht zu haben - Recht zu finden,
ist zweierlei aus guten Gründen.

Im Schulhof prügeln sich zwei Knaben
und glauben, beide Recht zu haben.
Doch ist der eine schwer verwundet
und hat er sich sein Recht erkundet,

um seine Rechnung zu begleichen,

mit Schmerzensgeld den zu erweichen,

der ihn so hart getroffen hat,

dann findet bloß´Vergeltung statt.

Das wied'rum Hass und Zorn erregt,

auch wenn der Schläger nicht mehr schlägt.

Das Recht den Schläger bindet,

damit der Schwäch're Gnade findet.

Die Politik, meist ist es schlechte,

führt Kriege oft um Länderrechte.

Wenn die Kräfte dann ermüden,

wächst der Wunsch nach einem Frieden.

Die <u>Reiselust</u> der Dummen und Weisen

Nicht nur die Dummen, auch die Weisen

wollen ab und zu verreisen.

Der Dumme reist mit großem Trubel.

Der Weise meidet lauten Jubel.

Der Dumme macht sich viele Sorgen

von abends spät zum frühen Morgen.

Der Weise kennt kein Reisefieber;

denn er genießt und freut sich lieber.

Gefährliches <u>Reisen</u>?

Will man mit dem Zug verreisen,

denk' man nicht gleich ans Entgleisen.

Denn das Auto, nicht der Zug

hat des Risikos genug.

Ebenso sei Fatalisten

Start empfohlen auf den Pisten.

Auf der Flugplatzlandebahn

selten trifft man Unglück an.

Denn das Fliegen in der Luft

blieb noch nie 'ne Todesgruft.

Geblieben ist man oben nimmer.

Herunter kamen alle immer.

Reisen bleibt ein Risiko.

Sicher ist man nirgendwo.

Bliebe jeder nur im Bett,

niemand Reisefieber hätt'.

Man bedenke dabei nur

auch des Bettes Todesspur.

Viele Leute sterben brav

im Bette liegend, tief im Schlaf.

Das Rentenalter

Manche leben über achtzig.

Und so denk' ich: „Gott sei Dank!"

Wer jünger stirbt, so dacht' ich –

ist meistens nicht so lange krank.

Das Sterben macht mir große Sorgen.

Ich frage mich: Wann ist's vorbei?

Ist es vielleicht schon übermorgen?

Ich wünscht', dass ich noch jünger sei.

Das Rentenalter kennt Beschwerden.

Mal sind sie groß, mal sind sie klein.

So ist das Leben hier auf Erden.

Der Tod stellt sich von selber ein.

Ein Rentner

Ein Rentner braucht nicht aufzustehn.

Er frühstückt oft erst gegen zehn.

Um elf Uhr geht er außer Haus.

Doch macht' er sich dabei nichts draus.

Die Zeit scheint ihm ganz einerlei.

Er hat den ganzen Tag noch frei.

Sein Leben sollte allgemein

nicht ganz so nah' am Sterben sein

Reue

Ein Mensch mit tieferem Empfinden

denkt reuevoll an seine Sünden.

Die Welt - so denkt er voller Graus -

gleicht häufig einem Irrenhaus.

Und schaut er sich im Spiegel an,

entdeckt er, was er schlecht getan.

Er war ein schlimmer Bösewicht,

voll Güte war sein Leben nicht.

So holt er mehrmals ganz tief Luft

und fühlt sich scheußlich wie ein Schuft.

Wär' jeder Mensch so schuldbeladen,

die ganze Welt ging wirklich baden.

Gott schaut ihm ins zerknirschte Herz.

Die Liebe zieht ihn himmelwärts.

Da spürt er plötzlich eine Wende,

fühlt Gottes Gnade ohne Ende.

Da ist ihm schließlich nicht mehr bang.

Es gibt für ihn den Neuanfang.

Er hat den Mut zu neuen Sachen

und kann von Herzen wieder lachen.

Denn Gott zerreißt den Schuldschein glatt,

wenn jemand wirklich Reue hat.

Dann kann er voll Verwegenheit

ergreifen die Gelegenheit.

Das Gute liegt ihm nicht mehr fern,

verehrt er Christus, unsern Herrn.

Da regen sich dann neue Triebe.

Sie blühen auf in echter Liebe.

Das Schlemmerbuffet

Das Wasser läuft im Munde zu,

seh' ich das leck're Fleisch-Ragout.

Es duftet wie ein guter Braten.

Nichts ist am Tische hier missraten.

Kartoffeln gibt's und Sellerie,

ja auch den Thunfisch mögen sie,

mit Erbsen und mit weichen Nudeln.

Wer lechzt nach frischen Apfelstrudeln?

Die Schüsseln sind gefüllt mit Reis,

mit grünen Bohnen, gelbem Mais.

Man könnte stundenlang nur waten,

durch Gurken, Kürbis und Tomaten.

Ich schätze die gefüllten Eier.

Und ist das Roastbeef auch recht teuer,

ich koste von der gute Gabe,

die ich umsonst bekommen habe.

Mit einem frisch gebacknem Brot

gar niemand kennt da Hungersnot.

Ich nehme Kraut mit einer Wurst,

ein gutes Bier hilft meinem Durst.

Am Ende ess ich frischen Käse

mit gut gewürzter Mayonnaise.

Dazu Oliven ohne Kern.

Und auch die Trauben mag ich gern.

Da höre ich mit vollem Munde:

Klaviermusik tönt in die Runde.

Die Melodie, so schön und leis,

genieß ich sehr mit Himbeereis.

Das Sandkorn

Es gibt kein Ding, sei's noch so klein,
dass es nichts würde wert mehr sein.
Zum Beispiel nehm' man schnell zur Hand
ein winzig kleines Körnchen Sand.

Das gibt's am Ufer, auch in Gassen,
meistenteils in großen Massen.
Ein Sandkorn ist auf jeden Fall
ein kleiner Stein, ein Mineral.

Im Auge stört es sehr beim Lesen
und auch im Schuh, an Zahnprothesen.
Und ist ein Sandkorn isoliert,
mitunter doch recht viel passiert.

Denn reibt ein Sandkorn im Getriebe,

leicht Letztres auf der Strecke bliebe.

Wichtig ist, bedenke nur,

auch das Sandkorn in der Uhr.

Ohne jedes Sandkorn's Sturz

wär' das Maß der Zeit zu kurz.

Erwäge nun das Korn als Zeichen,

um es mit Menschen zu vergleichen.

Drum erkenn' die Wahrheit richtig:

Jedes Sandkorn, das ist wichtig.

Ohne all' die Körnchen Sand

gäb's auch keinen weißen Strand.

Was Du erkennst aus der Natur,

das gilt nicht bloß vom Sandkorn nur.

Auch jeder Mensch ist etwas wert.

und nicht nur der, den man verehrt.

Und ist der Mensch auch noch so klein,

er könnte einmal wichtig sein.

Denn jeder Mensch hat seinen Platz;

dem Nächsten ist er gar ein Schatz.

Der Schlüssel zum Lebenssinn

Als Schlüssel zu den Lebensfragen
vermeide man, nicht "zu" zu sagen.
Des Lebens frohes Wechselspiel
sei nicht zu wenig, nicht zu viel.

Es geht im Leben oft darum:
Sei nicht zu schlau und nicht zu dumm!
Des Menschen Herz werd' nicht zu weich,
auch nicht zu arm, und nicht zu reich.

Drum sei auch, lieber Gott, dir Dank,
wenn ich gesund und nicht zu krank.
Und komm ich langsam von der Stell',
dann ist das besser als zu schnell.

Zu agil ist auch nicht recht,

und zu langsam ist sehr schlecht.

Wer zu jung, ist oft nicht reif,

wer zu alt, wird oft zu steif.

Wer den Freund schätzt, sei nicht fern,

ist er zu nah, hat's man nicht gern.

Gehst du zu weit, ist's auch nicht

schicklich,

gehst du zurück nicht augenblicklich,

verlierst im anonymen Dunst

du allzu schnell des Freundes Gunst.

Sei nicht zu ängstlich, nicht zu bang,

und wenn du dichtest, nicht zu lang.

So wird der Weise klug und pfündig,

wenn ich es sage kurz und bündig:

Ich hab' zum Schluss die eine Bitte:

Bleib' stets gemäßigt in der Mitte!

Der erste Schultag

Egal, was man auch denken mag,

aufregend ist der erste Tag.

Man distanziert sich von der Masse.

Ab heute ist man Mensch mit Klasse.

Fehlt den Lehrern die Geduld,

sind die Kinder oft dran schuld.

Darum wollen wir nur hoffen,

dass Aug' und Ohren sind stets offen.

Der alte <u>Seemann</u>

Wer hat den alten Seemann gekannt?

Der ging nur ziemlich selten an Land.

Er schätzte die Sonne, die Wellen, das Meer.

Seine Schritten waren oft langsam und schwer.

Voll Freude er zum Horizont schaut.

Die stürmische See, das war seine Braut.

Und als er starb, wurd' das Meer ihm zum Grab.

So sank er stumm zu den Fischen hinab.

Da ruht er in Frieden, ist Teil seiner Welt.

Er hat sich sein Ende so vorgestellt:

Er wollte sich selbst und sein ganzes Wesen

für immer im riesigen Meere auflösen.

Der **Sinn** des Lebens

Um unser Leben zu gesalten,

gilt's immer die Balance zu halten.

Stress ist nötig, doch zu viel

stört des Lebens Spannungsstil.

Gleichgewicht nach alter Sitte

finden wir nur in der Mitte.

Soll das Leben herrlich sein,

muss man Maße halten ein.

Materie uns oft erscheint

als des Mensch ärgster Feind.

Davon Platon oft berichtet,

dem sich hat der Geist verdichtet.

Wenn es auch nicht klingt plausibel:

Materie - Geist sind reversibel.

Durch den Geist wird irgendwie

Materie zu Energie.

Vergeistigung ist unterdess

für den Menschen ein Prozess,

der ihn durch das Sublimieren

kann zu hohen Zielen führen.

Um Materie zu erhalten,

muss des Menschen Geist auch walten.

Schöpfung gilt es schon seit Jahren,

gut zu pflegen, zu bewahren.

Da stecken viel Probleme drin.

Durch Geist erfährt der Mensch erst Sinn.

Den Lebenssinn muss man ergründen,

den kann man ohne Geist kaum finden.

Wenn sich Liebe geistig regt,

wird nicht nur Verstand bewegt.

Körper, Seele und das Herz

streben dreifach himmelwärts.

Der <u>Spaziergang</u>

Spazieren geht der stille Gatte

brav neben seiner Frau - Fregatte,

einer Frau, die stark gepudert

und heftig mit den Armen rudert.

Der Gatte wirkt partout sonor,

und kommt als Märtyrer sich vor.

Zu zweit bewegen sie sich fort,

doch keiner spricht ein einzig Wort.

Glückseliges Sterben

Wie kann man nur das Sterben lernen

und sich aus dieser Welt entfernen?

Still lächelnd, ohne Klag' und Weh'?

Der Weise sagt der Welt adé.

Er dringt in höh're Sphären ein,

bewahrt den Geist als Schatz im Schrein.

Was ihn auf ewig jung erhält,

ist Weisheit, Klugheit, Gottes Welt.

Der Mensch muss immer weiter eilen,

kann niemals lang am Gleichen weilen.

Auf dieser Erde niemand hätte

für immer eine Ruhestätte,

gäb's nicht Kirche, Gottes Geist,

Friedhöfe, Himmel, Heimatgeist.

Da finde ich Geborgenheit

die ewige Glückseligkeit.

Das <u>Sterben lernen</u>

Aus Rache oder auch zur Sühne
stirbt mancher auf der Erdenbühne.
Es streben viele nach den Sternen,
doch keiner will das Sterben lernen.

Man müsste nehmen Mut zur Hürde,
zu lächeln sterbend und mit Würde.
Das kann bestimmt nicht jedermann.
Es wird sich zeigen, wer es kann!

Sterben - wann und wie

Ich hab jetzt bei Tag und Nacht

übers Sterben nachgedacht.

Es fiel mir nichts Besond'res ein:

Irgendwann muss es mal sein.

Abschied nehmen fällt sehr schwer,

zumal wenn ohne Wiederkehr.

Der Körper wird nicht mehr geschunden.

Man hat das Leben überwunden.

Mag der Leib auch ganz veralten,

unser Geist, der bleibt erhalten.

Die Materie ist tot.

Doch die Seele geht zu Gott.

Am <u>Strand</u> in Honolulu

Ein Tourist gab grad nicht acht,
da wurd' die Liege fortgebracht.
Und dazu in aller Stille,
fort war die Hülle mit der Brille.

Er war verzweifelt! Wir verstehn:
Ohne Brille - nichts zu sehn!
Nirgends sich am ganzen Strand
seine Brille mehr befand.

Alle laufen, alle rufen,
suchen Brille auf den Stufen.
Auf dem Boden ringsumher
fand sich keine Brille mehr.

Einer wühlt in einem Kübel,

bis ihm wird vom Dreck ganz übel.

Ein andrer sucht bei Unterwäsche

und denkt an Kleptomanenschwäche.

Ein dritter sucht im Gartenbeet.

Jede Suche ist verfehlt.

Manchen hielt es lang in Trab,

bis er brach die Suche ab.

Der Bademeister mit Bedacht

hat in Sicherheit gebracht

des Touristen teure Brille

in der sich'ren Brillenhülle.

Als der Tourist davon erfährt,
allmählich sein Gemüt sich klärt.
Er ist erleichtert, froh und heiter,
dass die Suche ging nicht weiter.

Angelangt am Sucher Ziel
zeigt der Mann jetzt viel Gefühl,
macht dem Finder ein Geschenk,
dass er lang noch an ihn denk.

Mein <u>Tageslauf</u>

Das ist der schönste Tageslauf,
wenn morgens geht die Sonne auf,
die mir in ihrer großen Pracht
die Seele weit und froh gemacht.

Und muss ich dann den Tag verbringen
mit großen oder kleinen Dingen,
mal bin ich traurig und mal heiter.
Das Rad der Zeit dreht sich schon weiter.

Wenn dann das Tagwerk ist vollbracht,
der Tag sich wieder neigt zur Nacht,
betrachte ich mit Überschwang
gerührt den Sonnenuntergang.

Toleranz und Solidarität

Wenn wir im Schuh des anderen geh'n,

wir was von Toleranz verstehn.

Durch guten Willen kann allein

der Mensch kaum toleranter sein.

Nur wer den andern neu erfährt,

dem wird die Toleranz gewährt.

Sie steigert sich durch Fremderfahrung.

Durch die Begegnung kriegt sie Nahrung.

Und wer sich solidarisiert,

wird mehr zur Toleranz geführt.

Zu echter Solidarität

ist es niemals schon zu spät.

Ja die wahre Toleranz

fordert uns als Menschen ganz.

Darum solidarisch sei!

Das macht tolerant und frei.

Der unsportliche Urlauber

Zuhause lahmt er wie ein Gaul.

Im Urlaub ist er träg und faul.

Und zeigt der Mensch gar keinen Drang,

so nennt man dieses Müßiggang.

Zum Laufen hat er keine Lust.

Das Schwitzen bringt ihm großen Frust.

Er liegt nur stundenlang im Sand,

bis seine Haut ist fast verbrannt.

Der Sand dringt ihm in Schuh und Uhr.

Doch in der Sonne liegt er stur.

Sein Leben dümpelt so dahin.

Ist das des Urlaubs wahrer Sinn?

Wie viele gute, schöne Sachen

könnte der Mensch im Urlaub machen?

Vom Schwimmen, Segeln angefangen

zum Radeln, Reiten ohne Bangen.

Theater, Kino und Konzerte:

Die Muse lockt auf ihre Fährte.

Man könnte singen ohne Frust:

"Das Wandern ist des Urlaubs Lust."

Bewegung macht den Menschen fit,

wenn er an Antriebsschwäche litt.

Ein wenig Sport hält uns in Trab,

hält von uns fern den Tod, das Grab.

Wer sagt, dass reiner Leistungssport

auf Dauer sei so schlimm wie Mord,

entschuldigt seine Faulheit nur,

bis dass er braucht 'ne Aufbaukur.

Urlaubsgenuss

Im Urlaub ist fast nichts zu tun.

Man lebt in einer schönen Gegend.

Man kann so lang man will stets ruhn,

dabei den eignen Körper pflegend.

Man mag auch in der Sonne dösen,

an gar nichts denken, wenn man kann,

vielleicht ein Kreuzworträtsel lösen.

Das regt den Geist ein wenig an.

Auch Illustrierte kann man lesen,

Romane, Bücher oder Zeitung.

Es ist, als wär' man da gewesen

in einer geistigen Begleitung.

Man denkt vielleicht auch an zu Hause,

schreibt einen lieben Urlaubsgruß.

Und so genießt man gern die Pause,

geht öfter aus, auch mal zu Fuß.

Die Zeit vergeht im Einerlei

und ist grad wie im Flug vorbei.

Man hat vielleicht nicht viel geschafft,

doch aufgetankt ist Lebenskraft.

Ein Urlaubstag

Eine Reihe von 8 auch einzeln

lesbaren Gedichten

1. Gedicht: Die teure Schweiz

Wenn du es wagst, viel auszugeben,

kannst du im Urlaub herrlich leben.

Die Schweiz ist da wohl weltbekannt

als ein besonders teures Land.

Doch besser denkst Du nicht ans Geld

willst Du genießen diese Welt

der Alpen und der Berge schön,

die Wälder, Flüsse und auch Seen.

2. Gedicht: Sonnenschein in Chur

Das Wetter war zunächst noch schlecht.

Doch der Bericht behielt dann Recht.

Wie sollte es auch anders sein?

In Chur gab's schönsten Sonnenschein.

Von Sonne hab' ich nie genug.

Drum steig' ich in den nächsten Zug.

Nach Chur fahr ich in Eile gerne,

die Sonne zieht mich in die Ferne.

3. Gedicht: Die Zugfahrt
durch die Schweiz

Lesend saß ich einst im Zug

vom Schauen hatte ich genug.

Ich meinte zwar, es sei recht schön,

aus dem Fenster raus zu sehn.

Wenn nicht die vielen Tunnel wären,

ich würde mich auch nicht beschweren.

Doch stört mich das Gemunkel.

Im Tunnel ist es dunkel.

4. Gedicht: 4 Stunden Aufenthalt

Jetzt bin ich da, oh welch' ein Glück!

Doch frag ich nach dem Zug zurück.

Den nächsten will ich fahren lassen,

den übernächsten nicht verpassen.

Auch wenn es ist ein Bummelzug.

Vier Stunden Zeit sind mir genug.

Ich freu' mich auf den Aufenthalt

und fühl' mich warm und gar nicht kalt.

5. Gedicht: In St. Moritz

Ich kann es einfach nicht recht fassen,
die vielen Läden an den Straßen.
Die Preise halte ich für Mist.
St. Moritz viel zu teuer ist.

Doch will ich mich gar nicht genieren
und gehe gerne dort spazieren.
Doch leider rutscht man hier leicht aus
und ist schnell reif für's Krankenhaus.

Sieh' da! Ein Pferd mit Schlittenfahrt.
So was finde ich apart!
Recht warm ist's hier im Sonnenschein.
Zum Expresso kehr' ich ein.

6. Gedicht: Schlittschuhfahren

Im Sonnenschein, die Schlittschuhbahn,
die hat es mir recht angetan.
Und während ich die Berge grüße,
bekomm' ich langsam kalte Füße.

Ich lausch' des Zugsignales Ton
und denke an die Heimfahrt schon.
So dreh' ich noch ne weit're Runde.
Der Zug fährt erst in einer Stunde.

Die Zeit vergeht grad wie im Flug.
Vom Laufen hab' ich jetzt genug.
Ach wie fühlt ein Mensch sich arm,
ist er hungrig und nicht warm.

7. Gedicht: Im Wartesaal

Zu überwinden kalte Qual
wärm' ich mich auf im Wartesaal,
les' Illustrierte Zeil' um Zeile
als Mittel gegen Langeweile.

8. Gedicht: Die Rückfahrt

Zurück die Fahrt lässt sich ertragen

von A bis Z im Speisewagen.

Bei einem guten Schweizer Essen

kann man den Hunger schnell vergessen.

Es **weihnachtet** sehr ...

Plätzchen im November
Glühwein im Dezember.

Bratwurst und viel Kerzenduft
liegen täglich in der Luft.

Wenn die Kassen klingeln,
unsre Herzen singen.
Kauflustrausch im Überschwall
gibt es jetzt fast überall.

Bei dem Lärmgetöse
niemand ist mehr böse.
Unsres Lebens schönster Traum
gipfelt bald im Weihnachtsbaum.

Wenig Zeit zum Schreiben

in dem bunten Treiben.

Schließlich raubt den letzten Rest

uns das schöne Weihnachtsfest.

<u>Weihnachtslieder</u> umgedichtet

Ein Weihnachtsliederpotpouri

gegen den Konsum

Süßer die Kassen nie klingen

als zu der Weihnachtszeit;

schöner als Engelein singen.

Sehr guter Umsatz uns freut.

Ihr Kinderlein kommet,

o kommet doch all,

zur Spielzeugabteilung

mit Lautsprecherschall.

Und seht, was in dieser hochheiligen Zeit,

der Kaufrausch bescheret.

So seid doch bereit!

Zu Karstadt ist geboren
ein Super-Warenhaus.

Das hab' ich mir erkoren zum Fest ein Freudenschmaus,

eja, eja, zum Fest ein Freudenschmaus.

Lasst uns froh und munter sein,

an Geschenken uns erfreu'n,

die der gute Weihnachtsmann

uns zum Fest bescheren kann.

Morgen kommt der Weihnachtsmann

kommt mit keinen Gaben,

weil man nichts mehr kaufen kann,

was wir nicht längst haben.

Tragt in die Welt nun ein Licht!

Sagt allen: Fürchtet Euch nicht!

Ist auch der Geldbeutel klein,

schaut nur ins Kaufhaus hinein!

O du fröhliche, o du selige

Reichtum bringende Weihnachtszeit.

Zeit ging verloren,

doch wir sind verschworen,

teure, teure Gelegenheit.

Alle Jahre wieder kommt Konsum geschwind

auf die Erde nieder, wo wir Menschen sind.

Kehrt mit seinem Segen ein in jedes Haus.

Lässt uns Geld auslegen, bist der Cent geht aus.

Steh auch mir zur Seite, laut und sehr bekannt,

dass die Schenklust leite unserer Lieben Hand.

Macht hoch die Tür, die Tor macht weit;

es kommt die schönste Jahreszeit.

Ein Kaufrausch, der macht viele reich,

die Brötchengeber, Chefs zugleich,

was Geld und Reichtum mit sich bringt,

der halben jauchzt mit Freuden singt:

Gelobet sei's Gehalt

für alle, jung und alt!

Leise rieselt der Cent,

aus der Tasche, wer pennt,

merkt nicht wie's fürchterlich kracht,

wenn bankrott bist Du gemacht.

O Tannenbaum, o Tannenbaum,

wie grün sind deine Nadeln.

Du pickst nicht nur zur Sommerszeit,

nein auch im Winter, wenn es schneit.

O Tannenbaum, o Tannenbaum,

ich wünscht' Du wärst längst umgehaun.

Es ist das Geld entsprungen

(nach der Melodie "Es ist ein Ros ...)

aus einer Tasche zart.

Die Münzen sind verklungen,

die Leere ist nun hart.

Und hat der Euro bracht

den Teuro und die Flaute.

Das ist der Wirtschaft Macht.

Klingt, Münzen, klingelingeling!

(Auf die Melodie des Liedes Kling Glöckchen)

Klingt, Münzen klingt!

Gebt mich aus ihr Kinder,

Ält're auch nicht minder!

Lasst sie nicht verderben

oder gar den Erben!

Klingt, Münzen, klingelingeling!

Klingt, Münzen klingt!

Am Weihnachtsfeste Geschenke liegen

(Auf die Melodie: Am Weihnachtsbaum die Lichter brennen)

so still und artig unterm Baum.

Ach wär' ich nur nicht dort abgestiegen

im schönsten Kauflust-Himmelstraum!

Kommet, ihr Kinder, ihr Männer und Frau'n!

Kommet ins Kaufhaus die Waren zu schaun!

Hier bleibt ihr auch nicht lang ungeschoren,

glücklich, ist wer sein Geld hier verloren!

Gebt es nur aus! Gebt es nur aus!

Morgen, Leute, wird's was geben,

morgen werden wir uns freu'n.

Welch' ein Jubel, welch ein Leben,

wird in unsrem Haus sein.

Niemals werden wir hier wach,

alles bleibt vergessen, ach!

Stille Nacht, heilige Nacht.

Niemand schläft. Jeder wacht,

denn die Kirche bewahrt schön ihr Geld,

sparsam sie es stets zusammenhält.

Es wächst immerzu, es wächst immerzu.

Vom Himmel hoch, da komm ich her.

Ich bring Euch eine alte Mär.

Die Mär schon lang ein Märchen ist:

Der Weihnachtsmann, der ist ein Christ.

Still, still, still, weil's

Gewissen schlafen will.

Die Christen woll'n es niederringen,

es könnte uns sonst Sorgen bringen.

Still, still, still, weil's Gewissen schlafen will.

(Abschluss ohne Gesang:)

So will ich stillen allen Frust,

die hemmet des Konsumes Lust.

Denn wenn ich bleibe leis und still,

mag jeder kaufen, was er will.

Die ungemütliche <u>Welt</u>

Die Kritiker und Eremiten

verändern kaum der Menschen Sitten.

Wer grausam kämpft um reine Macht,

hat sich meist selbst um's Glück gebracht.

Der Krieg als Vater aller Dinge?

Von dieser Meinung weg sich schwinge,

wer Frieden sucht von ganzem Herzen.

Denn Streit und Hass kann uns nur schmerzen.

Die Welt erscheint nur manchmal friedlich,

mitunter ist sie ungemütlich.

Das Wetter

Egal ob Damen oder Herrn,
vom Wetter reden alle gern.
Auch wer sonst nichts wagt zu fragen,
zum Wetter kann er auch was sagen.

Man spricht davon auf jeden Fall;
denn Wetter gibt es überall.
So kann man ein Gespräch beginnen
und die Gedanken weiter spinnen.

Wer schüchtern ist, bekomme Mut,
das Wetter mache alles gut.
Selbst der Ärger wird nicht groß,
kommt man in Wut und "wettert" los

"Donnerwetter!" Gut gelaunt,

sagt man das, wenn man erstaunt.

"Scheißwetter" sagen manche oft,

wobei man meist auf Sonne hofft.

Badet man jedoch im Schweiß,

ist das Wetter viel zu heiß.

Der Bauer schaut auf seinen Acker:

"Gott sei Dank!" Es regnet wacker.

Holt er Heu sich dann herein,

erwartet er nur Sonnenschein.

Doch allen Leuten recht getan,

ist eine Kunst, die niemand kann.

Die Christen, die dran glauben mögen,

erbitten gern den Wettersegen,

damit die Ernte gut gedeiht

und jeder Mensch sich mächtig freut.

Die Christen lassen Gott nur walten.

Und wenn sie sich ans Wetter halten,

dann nehmen sie es, wie's grad kommt,

ergeben ganz - wie es sich frommt.

Wetter ändern, das geht nicht.

Darum ist es unsre Pflicht,

immer angepasst zu sein,

bei Regen oder Sonnenschein.

Am besten macht's die Schirmfabrik,

bewahrt sie nur den Überblick:

Im Regen gibt's den Regenschirm.

Bei Sonne macht sie uns auch firm.

Sie bietet Sonnenschirme an.

Das ist eine Wohltat dann:

Wenn die Sonne runter brennt,

niemand einen "Brand" mehr kennt.

Sorg' Dich nicht ums Wetter weiter!

Sei gelassen, fröhlich, heiter!

Akzeptier nicht Sonne nur!

Regen braucht auch die Natur.

Regen oder Sonnenschein,

lass das Wetter Wetter sein.

Pass Dich an und sei gescheit,

dann ist immer gute Zeit.

Das <u>Wetter nehmen</u>, wie es kommt

Ob's Wetter gut, ob's Wetter schlecht,

niemals ist es allen recht.

Man sollt' in seinen Erdentagen

das Wetter, wie es kommt, ertragen.

Das **Wetter und** die Politik

Das Wetter gleicht der Politik.

Das Bessere liegt weit zurück.

Mancher ist sogar so weit

und spricht von "guter, alter Zeit".

Heute ist natürlich klar,

dass dies meist ein Irrtum war.

Wir hoffen weiter unbeirrt,

es morgen endlich besser wird.

Wie lange noch?

Wenn ich mich aus der Ferne beobachten würde, müsste ich sagen: Der Alte baut ab. Oft fühle ich mich am Rande des Lebens: Noch eine Kleinigkeit, dann klappt das ganze System, das einmal Walter hieß, zusammen.

Zum Aufstehen muss ich 2 bis 3 mal Schwung holen. Strümpfe kann ich sehr schwer selbst anziehen. Ich bin auf dem Wege zum „Pflegefall". Kein Altersheim nimmt mich mehr. Pflege kann ich nicht bezahlen und Ea (Kosename für meine Ehefrau Erilies) ist auch nicht mehr die Jüngste.

Ich wundere mich eigentlich, dass ich das Leben noch schön finde. Jetzt kommen noch die Kreuzschmerzen dazu. Viel Sodbrennen und oft ist mir speiübel. Aber warum soll ausgerechnet ich bequem sterben?

Der Humor wird zum Galgenhumor! Immer habe ich geglaubt, zum Sterben ist noch viel Zeit. Dabei rasen die Tage und Wochen nur so dahin. Es ist also später als man denkt.

Vor mir war viel Ewigkeit
und ist auch hinterher.
In dieser kleinen Zwischenzeit
da wandle ich umher.

Wie lange noch? ...

Wolken

Es ist ein köstliches Vergnügen,
in Sonne auf dem Rücken liegen
und am Himmel – diesem blauen –
den weißen Wolken nachzuschauen.

Was sind das herrliche Gebilde!
Runde, lange, manchmal wilde ...
Manchmal dunkler, manchmal lichter,
oft wie Köpfe, wie Gesichter.

Es gibt Vögel oder Hasen,
die wie wild vorüber rasen.
Auch mitunter formt sich da
Australien oder Afrika.

Wie friedlich ist der Muße Wonne,
bei frischem Wind und heller Sonne!

Die Wolkenpracht erregt wie nie
der Sehnsucht große Phantasie.

Ich schau so gern den Wolken nach.
Sie ziehen stetig über Land.
Sie halten meine Träume wach.
Ihr Ziel bleibt mir ganz unbekannt.

Und kann ich wo im Grase liegen,
ganz still, entspannt für mich allein,
seh' Wolken ich vorüberfliegen
und fühle mich dabei so klein.

Das Leben ist so kurz, so flüchtig
wie diese Wolkenformen auch.
Es schein oft trivial und nichtig,
das ganze Leben wie ein Hauch.

<u>Zum 80</u>. Geburtstag

Sind wir auf dem Pfad zum Trimm,

wird das Altern meist nicht schlimm.

Herz und Gemüt wird langsam weicher,

doch an Erfahrung wird man reicher.

Mit 80 ist man meist nicht dümmer.

Man fühlt sich grad so klug wie immer.

Auch wenn es nicht mehr geht so schnell,

bleibt das Leben schön und hell.

So bleibe froh im Lauf der Zeit

mit innerer Zufriedenheit.

Lass andre rennen, hasten, hecheln!

Bewahre Dir Dein stilles Lächeln!

Schätz' nur das Echte, keine Tünche!

Das sind meine besten Wünsche.

Letztes Gedicht meines Vaters:

Mein Gott, wie schön ist Deine Welt!

Du gabst mir auch das Leben.

Du hast mich hier hineingestellt,

hast mir mein Herz gegeben.

Die Sonne geht hier jeden Tag

am Himmel auf und unter.

Im Herzen liegt die bange Frag':

Wie lang noch seh' ich Deine Wunder?

Ausgespannt in Raum und Zeit

hab' ich die Welt betreten

und frage mich: Wann ist's so weit,

das letzte Wort zu beten?

Wann kehr ich, Gott, zu Dir zurück,

befreit von allen Nöten?

Vollendet sich dann unser Glück,

wenn wir Dein Reich betreten?

Noch sind alle Fragen offen.

Gering ist unser Wissen.

Die Seele ahnt in stillem Hoffen,

dass wir nicht sterben müssen.

Dank

Vielen Dank an alle Leser
für ihre geschätzte Aufmerksamkeit!

Über ein Feedback
an meine E-Mail-Adresse:
heribert.steger@arcor.de
würde ich mich freuen,
besonders im Hinblick auf die
Korrektur von Tippfehlern und
anderen Schwächen
für eine eventuelle
neue Auflage.

Zeitfracht Medien GmbH
Ferdinand-Jühlke-Straße 7
99095 Erfurt, Deutschland
produktsicherheit@kolibri360.de